あした また たんばりん

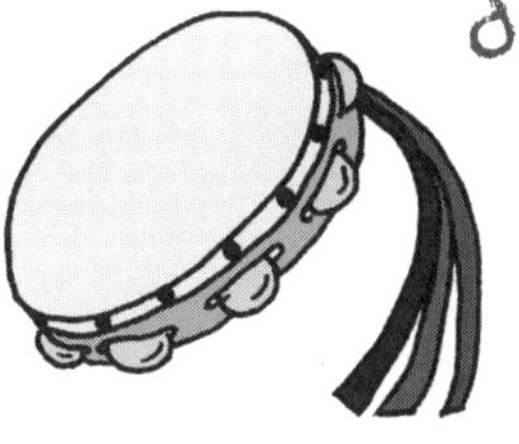

大関まき
OZEKI Maki

文芸社

まえがき

この本をお手にとって下さり、ありがとうございます。この本で少しでも皆さんに元気になってもらえたら、などと、たいそうなことは思っていません。この本には、食べもののこと、子供のこと……思いつくままに書いています。パッと開いたところが皆さんへのメッセージです。ほんの少し同じ思いになってくれたらうれしいし、違うなーと思って自分のことを考えてみて下さったら、これまたうれしいです。

私には前世の記憶があり、その頃に思っていたことや、今世で思ったこと、また来世まで忘れてはいけないと思っていることを、ノートに書き続けています。そのうちのほんのちょっとだけですが、こうして皆さんに伝えられたらうれしいのです。

誰でも一度はこんなふうに考えたことがあると思います。

もしかしたら明日、世界が滅亡するかもしれない。明日死ぬかもしれない。

だったら今日は好きなものを食べて、好きなことをしよう。


私は数年前に胃癌になり、2度の手術をしました。2度めは胃を切除し、以前と全く違う体になり、現在も後遺症に苦しんでいます。手術の前日、医師から死ぬ確率を言われ、明日死ぬかもしれないなら今日何をしようかと真剣に考えた時、思ったのです。〝昨日と同じ一日を送りたい。主人と子供にお弁当を作って、「いってらっしゃい」を言いたい〟と。それが私の幸せなのだと気づきました。

ひとつ前の前世の私は5歳くらいの時に麻疹で死んでいるので、妻や母になることをはじめ、いろいろなことが初めての経験のようです（その前はギリシャあたりで生まれていたのですが、あまり思い出せていません）。今世で生きている間に気づけて良かったです。

皆さんも死ぬ前日でなく、健康で時間もある何げなく忙しい日常を過ごしている今、本当の幸せに気づいていただけたらと思います。

しかし、毎日、仕事もあるのに子育てや家事は果てしなく、疲れてしまいますよね。私はそんな時、心の中でタンバリンを叩きます。タンバリンってカラオケを盛り上げたり、タンッ♫タンッ♫の音でぼーっと疲れてる子供もパッと元気になったりしませんか。誰かのために、自分のために、どなたでも鳴らせる楽器です。

そんなタンバリンのように、この本が大切な人に元気になってもらうための、応援音の本になるとうれしいです。

さぁ!! 「あした　また　たんばりん」です。

タンッ♫タンッ♫

もくじ

100の気づき

1

焚き火のそばには人も犬も集まってくる。
温かい心の人のまわりには皆が寄ってくる。
今日一日、温かい心で過ごせるかな。

2

自分で自分をかわいがるより
大切なあなたにかわいがってもらうほうが
ずーっとうれしい。
そんな自分になればいい。

3

自分探しの旅。
自分を癒やすカフェ。
自分の味。
自分を一番にすることが多すぎるな、最近の世の中。

4

相手を思う気持ち　７
自分を思う気持ち　３

このくらいの心の配分がちょうどいい。
うまく生きていけるんじゃないかな。

5

相手に合わせたらケンカにならない。
これって、がまんじゃない。
相手の世界を一緒に楽しめる人になればいい。

6

機嫌が悪くて返事をしない主人。

そんな日もある。


子供も学校で同じように、友達に感じてる。

「アイツ、オレのこと無視する!!　ウザイ奴」

待って待って待って。

1週間続いたらこちらから理由《わけ》を聞いてみよう。

誰にもそんな日はあるから。

7

ニコニコ笑顔は
最強の厄除《やくよ》け、お祓《はら》い、お守り。
これ、ホント。

8

辛い時、
楽しいテレビを観たり、楽しい本を読んだり、
楽しい人といると気がまぎれる。
それらが何もなくなった時、何に頼るの？
自分で想像した笑いなら
どんな時でも、どんな場所でも楽しめる。

9

「人間」って
「人」の「間《あいだ》」って書く。
誰かと誰かの間にいるなら
心の温かい人の間がいい。
そして、私も温かく狭んであげられる
「人間」になりたい。

10

仕事で疲れてイライラして帰宅する旦那さん。
奥さんである私が家で癒やしてあげられたら
他所《よそ》のおねえさんにお金を使わなくていい。
旦那さんが好きな言葉、
旦那さんが好きなこと、
それは奥さんが一番知っている。

11

結婚してから体型も性格も進化（？）してしまったけれど
主人が好きになってくれた頃の自分に
少しでも戻ろうと努力する姿を
かわいいと思ってもらえるとうれしい。

12

お風呂で自分の背中を流す時、
亡くなった父の背中を流してあげる気持ちで。
出張中の主人の背中を流してあげる気持ちで。
どんな時間も誰かを思う時間。

13

親や目上の人たちからの言葉は、
たとえベストアンサーでなくても
自分にとっての一番良いことを教えてくれていると思おう。
さまざまな経験や背景を考えて
自分に向けて言ってくれていると思えばありがたい。
この想像が大切。

14

どうして自分はこうなんだろう……と悩む人。
性格、考え方、クセはなかなか変えられない。
ふとした時に嫌な考えや行動をしないように、
誰かに迷惑をかけないようにと、
努力して暮らすことが大切。

15

誰かに嫌なことを言ってしまった時、
誰かを不快にさせる行動をしてしまった時、
同じことを我が子が友達にしているのを想像しよう。
そうすれば、次は絶対にしないと誓える。

16

家族は学びの場所。
「縁を切る」と言っても
家族として生まれたからには
一生縁を切ることはできない。
紙切れの上での縁は切れても
心でつながっている糸を
切ることはできない。

17

怒ってる顔
笑ってる顔
泣いている顔
見えている顔だけを信じてはいけない。
心の顔を見よう。
そうすれば相手のことが本当にわかる。

18

相手ファースト。
これでケンカにならない。
戦争も起きない。

19

「私ってお掃除苦手で困ってるんですよね」
「一つ一つ引き出しにしまっていくとスッキリするよ」
「私、どちらかというと料理のほうができるタイプなんですよねぇ」

本当に困っているならタイプに甘えてはいけない。

20

「○○で困っているんですよねぇ」

「じゃあ、こうしてみたらどう？」

「う～ん、それは好きじゃないんです」

「じゃあ、こんな方法はどう？」

「う～ん、それは面倒だし、大変そう」

誰もがすぐ解決できる　魔法　を探している。

21

家族は
一番わかり合える人と
一番わかり合えない人との集合体。
わかり合えない人を
どうやって喜ばせるか研究していくと、
いつの間にか成長した自分に会える。

22

兄弟ゲンカは悩みのタネ。
ケンカ中に〝引く〟ことを教えるとケンカは終わる。
引く　7
押す　3
このくらいでうまくいく。

23

子供の春休み・夏休み・冬休みを家族で笑顔で過ごすには子供が「ハイ！」と言ってニコニコ行動するかどうかが鍵。これを成功させるには普段からの積み重ね。

母親が主人の言うことに「ハイ！」と言ってニコニコ行動している姿を子供に見せること。

24

あなたはあなたの食べたものでできています。
今、あなたは生きている。
それは子供の頃、誰かが食べさせてくれたお陰。
次はあなたが、誰かのことを思い
体にいいものを食べてもらうといい。

25

母親は十分すぎるほどの
食品添加物に対する知識が必要。
けれども、お正月のおせちや和菓子は
きれいな彩りで楽しめるものがいい。
時には心の彩りがあっていい。

26

お正月だから夜ふかししてもいい。
お正月だから食べ過ぎてもいい。
お正月だからケンカしないように気をつける。
お正月だから道行く人に
「おめでとうございます」と声をかける。
お正月って素敵。
絶対に守っていきたい日本の伝統行事。

27

主婦の選んだ食べもので
主人と子供の体はできている。
主婦は小さなお医者さま。

28

「アレ、持ってきて！」

「は～い！」

ニコッと笑顔でアレを持ってきてくれる子供。

アレが理解できる子供は親が好きで親の行動を見ている子。

29

自分が相手に一生懸命気を遣う姿を見て、相手もこちらを気遣う。
さり気なく気を遣える人。
それは愛が詰まった人。

30

世の中にはありとあらゆる本がある。
だから「**知識**」はいくらでも身につけられる。
庭にはたくさんの薬草がある。
たとえば大きな地震が起きても1週間くらいはなんとかなる。
避難所に行ったら周りに生えている草で
薬膳スープを作ってあげられる。
看護の「**知識**」、保育の「**知識**」など
「知識」は防災袋に入れずに持ち歩ける最強のお守り。

31

明日死ぬかも。だったら今日一日何をしたいか。
そう考えた時、
明日死ぬ。だったら今日一日何をしたいか。
そう真剣に考えた時、
全く違うことを思うでしょう。
後者が自分の感じる本当の幸せだと気づくでしょう。

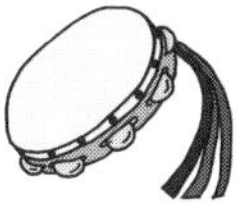

32

何かを壊した時、
「持ちにくかったから落としちゃった。
部品を換えたら大丈夫でしょ」
と言いたくなる。
だけど、心からの「ごめんなさい」こそが先に言う言葉。

33

相手の心を壊した時は
「ごめんなさい」では済まない。
それなのに目に見えないものは
壊したことに気づかない時がある。

34

「目上の人」という言葉の定義が
曖昧《あいまい》になってきている。
子供にとっては
目上の人＝グループの中のボス。

35

自分に足りないのは相手の心を信じる気持ち。
見えないものを信じるのはむずかしい。
むずかしい。
そして、難しい。

コラム①

家族から「今日のご飯、美味しかったよ」という言葉をもらうのは、当たり前の日常のようでいて奇跡に近いこと。

①主人が仕事を無事に終えられて、帰りに同僚とお酒を飲みにも行かず、残業もなく、お腹をすかせて帰宅する日

②子供が学校で嫌なこともなく、部活帰りにあまりの空腹に耐えられず途中のコンビニで唐揚げなどを食べることなく真っ直ぐ帰宅し、食欲がバリバリにある日

③私が朝6時から始まる朝市で新鮮な野菜や魚や肉を手に入れ、納得の味の料理ができた日

④家族の食べたいものが一致した日

⑤主人との関係が良好で、子供が反抗期でも素直な気持ちを言える日

それは、この①～⑤が合致した日。

愛情を少しずつ家族でかけ合える日は決して毎日ではないけれど、「美味しい」が聞きたくて、その言葉を目指して、私は日々、美味しいもの、体にいいものを研究します。

36

癌が気になる人は
テレビや本や街中のポスターで
「癌」という文字を見つけて不安になる。
恋愛が気になる人は
恋愛ドラマを観たり友達から聞いては不安になる。
誰もが自分自身で曇ったフィルターを心にかけている。

37

人間だもの、少しくらいの悪口は言っても許される。
と思うのと、
あの時の恩があるのだからあの人の良いところだけ考えよう。
と思うのは、
幸せの分岐点。
「少しくらいの悪口」というのはないのだから。

38

これ嫌い、あれ嫌い、と食べものを残す子供。
味を変え、色を変え、形を変え、何度も食卓に出す。
「これ、美味しい！」と言われるまで。
子の健康を思う母には「諦め」がない。

39

ブレずに子供に教えられるものって
たった1つじゃないかな。
私は食育。
これは譲れない。

40

子供に本当に一番教えたいことは
心のしつけ。
ちゃんと教えられないのは
私がまだ勉強中だから。

41

親の大変さを子供に見せたら
魂にインプットされるんじゃないかな。
洗濯物ひとつ畳むのも
心を込めて、シワを伸ばしているのを見せよう。
きっと子供も同じようにやる。

42

子供の命を守る。
最終的には
どこにいても第六感で
自分の危険を察知できるよう
鍛えさせる。
そのためには、子供の心と体が
ニュートラルでないとダメ。

43

子供が大きくなっても
たまには親や犬や猫たちも一緒に寝て
母の「気」で繭のように包《くる》んであげるといい。
ぐっすり寝て、次の朝は心も快晴だ。

44

子供の服を畳む時、手からパワーを出して
「危険な目に遭いませんように」と念を込める。
母親はそんなパワーを出すことができる。
でも、毛玉だらけの服にはパワーが入っていかない。

45

子供の姿は自分の「映《うつ》し鏡」
どうしてこんなことするの？　と思うけど
私も同じことをしなかったか。
人生を振り返ると
自分もしている。
覚えてなくても、どこかできっとやっている。

46

子供は親にいろいろな体験をさせてくれる。
魂的には子供のほうが上級生。

47

お守り、お札《ふだ》、パワーストーンが
子供を助けてくれるわけじゃない。
そこに込めた親の心が子供を守ってくれる。

48

子供は親とは別の人生の勉強と役割があって生まれてきている。
親とは違う生き物。
子供の頃の自分はこうだった、と比べても意味がない。

49

これをしてくれたら、あれをあげる。
テストで100点を取ったら、ご褒美をあげる。
そんなふうに育てると、
何かをするのはスゴいことだと勘違いする。
テストで100点を目指すのは（取る、でなく）
当たり前のこと。

50

自分を着飾った「**物**」にしてはいけない。
心を入れて、愛を詰めて、「**人**」になりたい。

51

掃除で家じゅうをピカピカにする。
それは家族を守る主婦ができるマーキング。

52

「行ってらっしゃ〜い!!」

大事な家族を言霊《ことだま》バリアで包《くる》む。

53

「お帰りなさい!!」の言霊《ことだま》で一日のお祓《はら》い。
玄関で祓ってあげたいから出迎える。

54

音霊《おとだま》。
柔らかく　優しく　話せば
言葉に音の魂が宿る。

55

私はもう母親になっちゃった。
なっちゃったのだから
いい加減、「親」にならないといけない。
少女には戻れない。

56

どうして僕だけ、どうして私だけ
こんな目に遭うの……と言うけど
私たちは生まれた時からみんな不平等。
時間だけは、誰にとっても1日24時間だから平等？
いいえ、今日死んでしまう人もいる。

57

人はそれぞれに人生で学ぶことが違うのだから、
基準はない。
友達やお隣さんと比べる意味がない。

58

どうしてうちの子は……って思い悩み
疲れてしまうけど、
うちの子に「ご指名」されて
母親になっちゃったのだから
何とかやりきろう。

59

子育てに疲れる時、
恋愛したくなったり
少女時代にタイムスリップしたくなったり、
一人旅に出たくなったり、
引きこもりたくなったりするけど、
「ほんのちょっぴり」にしよう。
そろそろ「親」になろう。
そうでないと、「親」にならず　　寿命が尽きる。

60

自分にとっての宝物って絶対に
自分の周りにある。
遠くの手の届かない所を探していたら永遠に見つからない。

61

子供への読み聞かせは
子供のためではなく
「母親」をやりきるための勉強の時間。
忘れていた子供の気持ちが
理解できるようになる時間だから。

62

子供をどう叱ってよいか悩んだ時、
「赤毛のアン」がデイビーを叱るのを真似た。
デイビーは何度いたずらをして
アンに叱られてもアンが大好き。
愛情のある叱り方だから。

大切な人が落ち込んだ時、
「ポリアンナ」を真似た。
いいこと探しを続けると
なんとか乗り越えられる。

63

子供が嘘をついた時、
日本昔ばなしの「笠地蔵」を読み聞かせた。
誰も見ていなくてもお地蔵さんは見ているよ、と
自分の心にも言い聞かせた。
大人は子供よりずっと嘘をつく生き物。

64

児童書は子供のための本ではなく
「親」になるための心の教科書。

コラム②

私は時々、家の2階の窓から飛び降りたくなります。夏が苦手です。胃癌になり胃を切除した私はアイスクリームや冷たい水をゴクリと飲むこともできません。アイスクリームを一口食べ、腸が痙攣を起こし救急車を呼ぶ事態になったこともあります。タピ活をしている若者や、アイスコーヒーやビールをぐびぐび飲む家族を見ていると心から黒いモヤモヤが生まれます。体も生活もすっかり変化してしまったのに頭が追いつかないのです。息子からは「2階からじゃ足を折って痛いだけで死ねないから、やめたほうがいい」と言われます。ある方は5階から飛び降りて頭蓋骨が割れても死ねず、交通事故で臓器が飛び出しても死ねず、周りに迷惑をかけただけだったので、死ぬのを諦めたそうです。

死ぬのって、むずかしい。迷惑をかけない死に方なんてないのです。

辛い時は、飼っている動物たちに癒やされ、庭の虫やトカゲや花にも助けてもらっています。縄文時代からあったと言われる桑の木を眺めていると、私たちの祖先は本能的に茶剤や薬草にしたり、果実をおやつとして食べていたんだなと想像するのです。すると、前世の私もきっと食べていたに違いないとノスタルジーに浸ってしまいます。そんな時を過ごすと、心が落ち着いてきて、主人や友達に泣きついて愚痴を言わずにすみます。私でさえ私の心がわからないのに、他人に理解してもらおうなんて申し訳ないのです。縄文時代から人々の体や心を癒やし続けた植物たちは、強い生命力を持ち、根付いた土地がたとえ日の当たらない場所だったとしても文句を言わず、移動能力もないのに、日の当たるほうへ枝を伸ばすのです。

見習わなくてはいけない師が、庭にいるのです。

65

子供がした悪いことは見つかりやすい。
大人が心でする悪いことは見つかりにくい。

66

知識がないことは責められない。
でも知ろうと努力しないと
大切な人を守れない。

67

子供の喜ぶことはわかっても
夫の喜ぶことはわかりづらい。
隣の人に聞くわけにいかない。
一番わかっているのは妻の私なのだから。

68

困った時、
どうしたらいいのか考えること、研究すること、
苦しい時間だからこそ、それは魂を磨いている時間。
素晴らしい時間。

69

何度傷ついてもいい。
魂の勉強だから。
傷ついた経験があれば
主人や子供や大切な人の
痛みをわかってあげられるのだから。

70

一生懸命育てたのにこんな子になっちゃった……と思う時、
子育てに失敗した……と思う時、
落ち込んだり悩んだりしていることが
「子育てをしている」ということ。
子によって親にならせてもらえたということ。

71

機嫌がコロコロ変わる母親に振り回され悩む人がいる。
人間の心は一日に何度も変わるもの。
変わってはいけないのは自分の心の芯。

72

毒親と離れることで身を守れる？
でも最良の解決法ではない。
離れることが解決法なら、
世の中に毒親問題がこれほどまでにあふれていない。
一生かけてゆっくりと、諦めずに生きる。
その母親から産まれた事実は変えられないのだから。

73

2歳の子供がいる家。

その子の父親年齢《ねんれい》は2歳。 母親年齢は2歳10ヶ月。

母親は少し先輩。

子育てがわからずオタオタするパパをけなしてはいけない。

74

子供が小さな頃の問題は親がなんとかできることもある。
年齢とともに友人だの　お金だの　勉強だの　先生だの
問題は複雑にからみ合い、むずかしくなる。
だから、親も成長しないと解決できない。

75

過保護も過干渉もいけないと言われるが
その境がよくわからない。
でも子供が二十歳になれば
どこに何を聞いても
「ご本人でないとお答えできません」
と言われる。
自然と過保護も過干渉も卒業していけるんじゃないかな。
この距離感をずっと考えていけばいいんじゃないかな。

76

家の中はモデルルームのように美しく?
子供という怪獣がいるんですよ、ムリムリ!!
だけど、せめて主人が帰宅する時間だけでも綺麗にしよう。
ヘトヘトMaxの時間だけど
5分だけがんばろう。
疲れて帰宅した主人が汚部屋を見てさらに疲れるのだから。
この5分に愛情を込めよう。

77

食事の時に主人がいなくても
主人のお箸をテーブルに出して
「お先に頂きます」と言おう。
その姿を見て子供は、
今、お父さんは働いている、と
見えない姿を想像して感謝できるように
自然とインプットされていく。

78

子供は家事をして働いている母親を見る機会は多いが
外で働く父親は見る機会が少なく
家でゴロッとしている姿ばかりを見る。
だから、いつでも「お父さんは偉い人」と
母親が教えることが大事じゃないかな。
子供が反抗期で母親の言うことを聞かなくなった時こそ
「偉いお父さん」の出番なのだから。

79

子育ての本を読んでもどれにも当てはまらない。
一生わからなくて模索中じゃないかな。
だって、子を育てあげたおじいちゃんやおばあちゃんになっても
息子や娘、孫にだって、どこまで口を出していいのか悩んでいる。

80

「あの人とはもう縁を切る！」と言うけど
何をもって縁を切ったことになるのだろう。
交流を絶っただけで見えない縁はつながっている。
その証拠に、怒りで夜な夜な「あの人」のことを考えている。

81

「美人」を目指そう。
美人は人として美しい人。
姿が美しい人は「美形」。
心が美しい「美人」になりたい。

82

人間は一生に一度、たった一人にモテるのがベスト。
他の人や過去につき合った人と比べることがないから幸せ。

83

結婚生活は妻としてかわいく、あざとくするのもアリ。
しっかり者のクールビューティーでいくのもアリ。
けれど8割は真心でやらないとうまくいかない。
そのバランスがむずかしいけど大事。

84

不安になる時は
自分の体の心配や先の生活をあれこれと突き詰めて考えて
結局、自分の心配をしている時。
大事な人を思う時は
守るにはどうしたらいいのかを必死に考える。
すると、最初の不安は消えている。

85

誰かに喜んでもらうために物をプレゼントするのは
一番簡単な方法。
物ではなく心で喜ばせるのは本当にむずかしい。
その人のことをよく見て考えて思って、やっとできる。

86

人の心は喜・怒・哀・楽の4つに分けられず複雑。
怒りを通り越して哀しくなることもある。
それなのに、人の顔だけを見て、
あの人はどうして怒っているんだろうと
4つのどれかに決めつける。
心の目で判断したい。

87

大事な人のために自分に何ができるのかを考える。
たとえ病気で動けず、ベッドに横になって
体じゅうに管《くだ》がつながれていても
たった1秒、笑顔を見せるだけで安心させられる。

88

困難なことも毎日続けると
なんとかできるようになる。
その毎日続けることのできた人が本物の人。
休んでもいい。
本物の人に近づこう。

89

笑うだけで免疫が上がるってホント？
絶対ホント!!
苦しくて、体じゅう痛くて、笑えるか!!　って日も
涙を流しながら口角をむりやり上げてみる。
すると副交感神経が働いて
なんだかおかしくなって、痛みも消えている。

コラム③

初詣では前年の感謝と今年のお願い・目標などを心の中で言いながら神様に手を合わせます。

本来なら神様にお願い事より感謝を伝えるのが礼儀ですが、お正月は家族のことやいろいろなお願いをしてしまいます。

子供の受験シーズンは長いお願いをしてしまいました。

ふと思うのです。

私の横に並んだ人の子供も同じ学校を望み、

そしてもしも同じ点数だったら神様はどちらの子を選ばれるのかと。

彼が浮気しませんようにとお願いしていた隣の人がその浮気相手で同じお願いをしていたら、神様はどうされるのか。

私が神様なら、その子に合った道や赤い糸などをたぐり寄せて選びますが、この世の人道においては真心の感じられるほうを選びます。

出品者の評価が一目瞭然でわかりやすいメルカリなどと違い、目に見えないものを見ようとするのはむずかしいけれど、一生懸命にやっている姿に心打たれ、心が綺麗だと感じます。

自分の心がダークな時は、間違ったほうに手を伸ばしてしまうかもしれません。だから毎日毎日、**真心**《まごころ》とは何かと考え、晴れやかな心の人間でいられるように努力します。「します」と言うからにはやらねばなりません。

この本は、**真心**《まごころ》を持った人になれるように、私が自分自身に言い聞かせている言葉集なのです。

90

なんとなくブルーで辛い時、悲しい顔になる。
すると周りの人が気を遣って気分を変えてくれる。
自分の気分に呑まれて
周りの人を疲れさせていることに気がつかない。
自分の顔は鏡に映してみないとわからない。

91

ルーティンで行動しているささいなことは
何も考えずにしている。
そのささいなことに心を込めたら
素晴らしい行動になる。

92

魂《たましい》と肉体は一緒。
体を大切にすると心も元気になる。
体のどこかが不調だと一日が不安になる。
体が元気だと優しい言葉が浮かぶ。
だから体を大切にしよう。

93

自分の体が何でできているか
子供に教えるとご飯を残さず食べる。
動物の命を頂いていることは重く捉えられるのに
野菜の命は軽く思われている。

94

1本50円で買ったキュウリが
冷蔵庫でドロドロになったら捨てる。
しかし、50円玉を冷蔵庫に入れて
捨てる人はいない。

95

魚つりが大好き。
釣った魚は必ず食べること。
海岸に落ちているゴミは拾うこと。
せめてもの命の代償ルール。

96

卵が古くなり2個捨てた時、

「私はヒヨコを2羽殺しました。ごめんなさい」

と書いた紙を冷蔵庫に貼った。

豚肉を腐らせた時、

「私は豚さんを切り刻み殺しました」

と書いた紙を冷蔵庫に貼った。

もう怖くて絶対に腐らせられない。

97

「何が食べたい？」と子供に聞くと
「寿司と蕎麦」と言う。
「体のために何を食べなくてはいけないと思う？」と聞くと
子供は真剣に考える。

98

おむすびの具は
3ヶ所の角に詰めたら美味しくて楽しい。
ワクワク、ドキドキするご飯はどんなものか考えるのは、
電車の中でもお風呂の中でもできる母親の仕事。
誉めてもらえなくても
お金をもらえなくても
ケンカをしていても
続けられるって不思議。

99

ＡＩの時代でも小さなウイルスの前で人は脆弱《ぜいじゃく》だ。
お医者さまや政治家ばかりに頼れない。
これから頼りにするのは自分の知識と愛情。
自分で大事な人を守っていく。

100

大事な人、子供、ご恩がある人、
良い所を見て10個誉めるように考える。
1つしか思い浮かばない時は、
そのたった1つを10倍誉めよう。
その人のことがもっと大切になる。

郵 便 は が き

料金受取人払郵便

新宿局承認

3971

差出有効期間
2022年7月
31日まで
(切手不要)

160-8791

141

東京都新宿区新宿1－10－1

(株)文芸社

愛読者カード係 行

ふりがな お名前		明治 大正 昭和 平成 年生 歳
ふりがな ご住所	□□□-□□□□	性別 男・女

お電話 番 号	(書籍ご注文の際に必要です)	ご職業	
E-mail			

ご購読雑誌(複数可)	ご購読新聞 新聞

最近読んでおもしろかった本や今後、とりあげてほしいテーマをお教えください。

ご自分の研究成果や経験、お考え等を出版してみたいというお気持ちはありますか。

ある　ない　内容・テーマ(　　)

現在完成した作品をお持ちですか。

ある　ない　ジャンル・原稿量(　　)

書　名				
お買上 書　店	都道 府県	市区 郡	書店名	書店
			ご購入日	年　　月　　日

本書をどこでお知りになりましたか?

1.書店店頭　2.知人にすすめられて　3.インターネット(サイト名　　　　　　　　)

4.DMハガキ　5.広告、記事を見て(新聞、雑誌名　　　　　　　　)

上の質問に関連して、ご購入の決め手となったのは?

1.タイトル　2.著者　3.内容　4.カバーデザイン　5.帯

その他ご自由にお書きください。

(　　　　　　　　　　　　　　　　)

本書についてのご意見、ご感想をお聞かせください。

①内容について

②カバー、タイトル、帯について

弊社Webサイトからもご意見、ご感想をお寄せいただけます。

ご協力ありがとうございました。

※お寄せいただいたご意見、ご感想は新聞広告等で匿名にて使わせていただくことがあります。

※お客様の個人情報は、小社からの連絡のみに使用します。社外に提供することは一切ありません。

■書籍のご注文は、お近くの書店または、ブックサービス(0120-29-9625)、セブンネットショッピング(http://7net.omni7.jp/)にお申し込み下さい。

元気が出るハーブのお話

我が家の庭にはたくさんの薬草があり、随分と助けてもらっています。子供の付き添いで行く小児科で倒れてしまうくらい病院が怖い私なので、なんとか家で治したい一心からなのですが、体調に合わせて選んだハーブをお茶にしたり、傷にハーブの搾り汁をつけたり化粧水を作ったり、天ぷらにして食べたり、お花を愛でたりしています。食料がなくなっても、しばらくは庭の草で生きていけます。学校や施設に薬草を植えておけば、避難所として使う時に役に立つと思います。縄文時代からある和のハーブはアレルギーも起こしにくく、日本人に合う、小さなお医者さまなのです。

これから紹介するのは、私が何度も使ったり周りの人にも好評なハーブの使い方です。ハーブ本に載っている一般的な使い方とは違いますが、ハーブを暮らしに取り入れるにあたっての実践と活用法のお話です。ハーブを茶葉として、湯を沸かして注ぎ、蒸らして、ハーブティー（お茶）にして楽しんだり、煎じて外用薬として使ったりして、心身への役立て方をわかりやすくお伝えします。私は義母から「辛い時は草を抜け！」と教わりました。花を愛でるより無心になれるのです。増えすぎた薬草は、そんな役立ち方もしてくれるのです。ただし、薬草アレルギーの方や体調に合わせて気をつけて試して下さい。

簡単に使えるなじみのある薬草

【レモンバーム】

6月頃に白い小さな花が咲いていてとてもかわいい薬草です。年中きれいな緑色の葉がどんどん出てきます。切っても切っても元気で育てやすいのが特徴。お茶にするとほんのりレモンの香りが。鎮静、抗うつ、強壮、発汗、消化促進、収れん抗菌、抗ウイルス作用などもある不老不死のお茶と言われています。

アイスクリームやケーキに飾っても映えます。私はお風呂に入れます。

【スギナ】

つくしの親分で、どこにでも生えてきます。春から初夏に摘んで乾燥させればお茶にできます。が、なぜか我が家ではお茶にすると体に合わないので、生葉を摘んですり鉢で少量の水とすり、出てきた抹茶のような緑色の汁をコットンに浸してニキビに貼ります。すると膿が出て、赤みもとれ、痕も残りません。日焼けの火照りもとれ美白にも。生葉でないとダメなので、枯れてくる夏以降は他の薬草を使います。薬草も旬があるのです。お茶は利尿作用、むくみ、自律神経を整えてくれます。天ぷらにすると美味しく頂けます。お茶は生葉でも乾燥してもOKですが、生葉は土臭さがなかなか取れません。

【金　柑】

冬の間中　オレンジ色の丸い玉のような実がたくさん生ります。ヒヨドリやヒバリもつつきに来ます。言わずと知れた風邪予防の金柑の実は、生でかじるのもよし、砂糖で煮てシロップ煮のようにして保存してもよし。生ゴミにもシュッと絞りフレグランス効果として使います。いつもキッチンに実を置いています。私は薄くスライスして網で干してカラカラにします。これを10枚くらいマグカップに入れて熱湯を注ぎ10分くらいおくとリモネンの香り成分がストレスを軽減させてくれ、気持ちを落ち着かせてくれるお茶になります。8月には青い実が大きくなってきます。サンマにはかぼすでなくても金柑の青い実を絞るとさっぱりします。輪切りにして紅茶やサイダーに入れたり、お風呂にも浮かべます。皮にはヘスペリジンがあり、活性酸素を抑えるビタミンCの吸収を助けてくれます。

毛細血管への血行を促進し、悪玉コレステロールを減らし善玉コレステロールを安定させたり、腸内環境を整えてくれます。たくさんのビタミンCによる美容効果、風邪の時のいがいがした喉や鼻の回復、粘膜を強くしてくれる、菌への免疫力を向上させてくれるスーパーフードです。海外の新しいスーパーフードを探さなくても近所に1本くらいは見つけられる金柑を食べたら日本人には合うのです。

たわわに実っているお宅の金柑の実を分けてもらいましょう！　何か木を植えたい方は一年中使える金柑をオススメします。

【ツワブキ】

フキの仲間ですから茎は煮物として食べられます。葉を火であぶって柔らかくし打撲やできものに外用します。冬の間中、きれいな黄色の花を咲かせてくれるので切り花としても楽しめ大変重宝します。花瓶の花を安定させたい時など、葉のくぼみに他の花を挿すとしっかり止まるので、お墓参りなどに菊とともにこの葉を持っていくと2、3本の菊でも立派なお供え花に見えます。どんどん増えるので楽に育てられる植物です。

【イチジク】

あっという間に大木になってしまう木です。半年で実もできます。採れたてのイチジクの実は瑞々しく美味しいです。低い位置で実が生るように枝を誘動するのが大変ですが、実《み》はとても栄養価が高く、ジャムにも向くのでオススメです。実にはカルシウム、鉄分が多く、ミネラルバランスも良く、カリウムは血圧を下げ、消化を助ける酵素があり婦人科系の病気に良いと言われます。夏の食後のデザートにはイチジクが良いのです。二日酔いにも効きます。

葉から白い液が出て、それがイボとりに効くというので試しましたが、かゆくなってやめました。イチジクは実のみ使用しています。

【レモン】

レモンの木は、園芸店で鉢植えでも売っている人気のものですが、我が家は地植えのため2メートル以上になってしまいました。葉をちぎっては香りを嗅ぎリラックスします。葉をお手紙に入れると良い香りを届けられたり、子供の筆箱に入れてテストに疲れた時に香りを嗅がせたり、ハンカチにしのばせたり、葉をよく使います。トゲはつま楊枝として使うととても良い香りです。実《み》は、疲労回復にハチミツレモンにしたりしますが、ビタミンC以外にポリフェノールが多く、毛細血管を丈夫にしたり、血栓予防、脂肪の吸収を抑えるダイエット効果も。水道水をポットに汲んでレモンスライスを入れるとカルキ臭が抜けるのでよく使います。皮でガラスのコップをこするとピカピカになり、リモネンの働きで油分もとれます。お風呂に入れると皮膚がピリピリするので入れるのなら少しがいいでしょう。買ってきた海外産のレモンはカビ防止のため農薬がついているものがほとんどなので無農薬のものをオススメします。

【フェイジョア】

最近少しずつ人気が高まっているフルーツです。「幻のフルーツ」と言われていますが、子供の頃に祖母の畑で食べて以来大好物なのに売られていないので自分で植えました。横に枝が広がるので2メートルくらいのスペース確保が必要です。とてもかわいい白と赤の花が6月頃に咲き、秋に実が生ります。ポトッと落ちてから収穫し、追熟させます。レモン、梨、キウイ、パインを混ぜたような味です。植木鉢でもOKですが、実が生るまでに3年くらいかかりました。

実《み》はカリウムが多く、むくみを取ったりナトリウムの量を調整してくれるので高血圧を予防してくれます。食物繊維も多く、お腹の調子を整えてくれます。ビタミンCはミカンと同じくらいあり、美容や疲労回復にも。葉がきれいなので、花を生ける時にもよく使います。

簡単に植えられて一家にマストな薬草

～マンションのベランダでもＯＫ～

【ドクダミ】

「十薬」と言われるほど、たくさんの効能があります。6月頃の白い花（本当は白い葉なのですが）をつける頃が一番効能が高く、庭やプランターでも簡単につきますのでオススメです。乾燥させたものを煎じてお茶にすると利尿作用、動脈硬化防止、抗菌作用がありますが、カリウムが多いので腎臓病、透析の方は飲むのをやめたほうがいいです。においが独特で、我が家は平気ですが、飲まずに化粧水にしています。

今までに私はシミとりに必死で、エステに行ったり、シミとり美容液を買ったり、パックをしたり、レーザーシミとりにも行きましたが、それは何だったのかと思うほど薄くなります。ただし、夏すぎには葉の効能が落ちるのでシミとの闘いは続きます。ドクダミを10分くらい煎じて、漉《こ》して冷やしてからコットンに染み込ませパックするだけです。ビワ汁を混ぜる時もありますが、グリセリンを入れてしっとりさせたり、お好みで。母はアトピーのかゆい箇所につけたら赤みがスーッとひき、ステロイドをやめることができました。一番効くのは鼻がつまった時。鼻水が黄色の時に、ドクダミの葉を手でよくもんで柔らかくなったのを葉巻きタバコのように巻きます。そして鼻の穴につっこみます。30分して取り出すと、ドバーッと鼻水が出てスッキリします。嗅覚は麻痺してくさくはないです。蓄膿症もこれで良くなります。病みつきになるスッキリさです。ドクダミはマストな薬草です。

【ペパーミント】

ミント系のハーブはアップルミント、パイナップルミントなどたくさんの種類がありますが、ペパーミントが一番薬効が高いです。半日陰で育つので、何かの植木の下などに植えるとグランドカバー代わりにもなります。虫除けスプレーを作ったり、体を冷やすのでアイスティーに入れたり、お風呂に入れたり、車の中や玄関にも。香りが嗅覚の神経を伝達して脳に爽快感をもたらします。高熱やのどの腫れ、頭痛、痰をとる効果も。消化を助け、胃もたれをとり、脳の活性化を促してくれます。抗菌、抗カタル、肝臓強壮、防虫効果、抗ヒスタミン、デオドラント、歯肉炎などにも効く生薬《しょうやく》です。私は夏の頃の手紙によく入れます。封を開けると爽快感を届けられます。

【スウィートマジョラム】

6月くらいにかすみ草のようなかわいい白い花を咲かせます。プチッとちぎって土に挿すだけでどんどん増えます。長寿の薬草と言われ古代ギリシャではなんと王の棺に入れてにおいを取ったり腐敗を防いだハーブ。肉料理や魚料理に使ったり、お風呂に入れますが、花を生ける時にかすみ草のような役割をしてくれるので我が家ではマスト。カナヘビが、なぜかこのハーブの中から顔を覗かせます。

神経強壮、血行促進（お風呂に入れると良い）、抗炎、腰痛、利尿、去痰、血圧降下、抗感染、筋肉の痛みをとったり、関節炎に効きます。

コラム④

花には精霊《せいれい》が宿っている、というのは本当だと思います。私は我が家の玄関先で心ない言葉を浴びせられしばらく寝込んでしまったことがありました。その時、とても美しく咲いていた赤い蘭の花が次の日、真っ白に変わっていたのです。枯れるというより一気に色が抜けてベージュ寄りの白になりました。玄関に置いてあった花です。母の家にも同じ日に買った蘭の花があり、赤々と咲いており、我が家の白く変わった花を見て絶句していました。汚い強い言葉というのは、それほどの強い力を持っているのです。そんな言葉を浴びせられるような行動をしていた自分を反省し、花を見ては心の状態を知るバロメーターにしています。病気になると花が代わりになってくれるのです。

これは、私がこの目で見ている本当の話です。

これはもう神！　と思う薬草

【ビ　ワ】

書ききれないほどの効能がある我が家では神さまの木です。子供の頃から使わせて頂いています。旅行に行ったり、引っ越しをしても、ビワの木を見つけないと不安です。この木があるお宅に挨拶に行って分けてもらったこともあります。今は自宅にも畑にも5本あるので安心です。ビワを植えると病人が出ると言われますが、病人が出ないようにビワを植えています。コンニャクを温めてビワの葉にのせてお腹を温めたり、のどが痛い時は火にあぶってから首に巻いて寝ると次の日には治っています。煎じた茶色の汁をお風呂に入れるとぐっすり眠れ、翌朝は目ヤニで目が開かないほど体から毒素が出ます。ビワの葉療法の本はたくさんあります。血液を浄化し、炎症を抑え、自然治癒を高めます。B17、アミグダリンが癌に効くのはウソだとか、青酸カリ毒があるとか、いろいろ言われていますが、40年以上この葉を使っている私はたくさん助けてもらいました。病気というのは、西洋医学で手術し死に近い状態を治し、東洋医学で痛みをとったり精神的な症状を治したりと、得意分野で治すのが大事だと思うのです。一年で実が生り、6月頃には美味しく楽しめます。

【シ ソ】

シソは皆さんご存知ですよね。我が家は毎年飛んだ種から勝手に生えてくるのですが、駐車場の砂利の所でもよく育ちます。１００本くらいは出てきますが、食べるのにはあまり使いません。実が大好きなので天ぷらにしたり、ふりかけを作ったりはしますが、庭のシソの葉というのは、なんともゴワゴワで毛が生えていて固く、のどがザラザラして、味も濃く咳き込みますので、薬味としてのシソは芽吹いたフワフワのを食べます。では何によく使うのか？　ちぎって香ります！　ペリルアルデヒドという香り成分が爽やかで、スーッと脳が落ち着くのです。1センチくらいの小さな芽を引き抜いて嗅いでもシソの香りがするのです。イライラすると庭へ行き、抜いて香る。めそめそしては抜いて香る。夏には2本くらいが残る程度です。お弁当に入れると食中毒を防ぎます。抗菌・殺菌・防腐作用があり、お刺身に付いているのはこのため。

夏バテで食欲がない時に食べると消化不良を防ぎ胃液の分泌をサポートしてくれます。シソジュースもいいですね。ビタミンEも多くアンチエイジング。お肌にも良く、紫外線ダメージから守ってくれます。またβカロチンも多く粘膜も強くしてくれます。虫よけになるので、お花の間に植えるといいです。

1本植えると毎年種がこぼれて次の年に出てきます。縄文時代から食べられている日本の和ハーブです。

【明日葉《あしたば》】

明日葉も簡単に根付き、今日、葉をとっても明日には葉が出てくることから明日葉と言われます。この新芽を天ぷらにすると美味しいので、新芽を見つけたらその日のメニューが決まります。

脳梗塞や心筋梗塞、血栓予防、血液サラサラになります。抗ウイルス、抗菌、免疫細胞を増やすフラボノイドが多く新陳代謝が良くなります。
明日葉は、植えると「気」が良くなる強い植物だと思います。

【桑】

桑の木はとても早く大きくなり枝を広げます。2本ないと実がつかないものもありますが、何年かすると実をつけます。江戸時代、寺子屋ではお風呂の入り方を教えたそうですが、「五木八草湯」と言われた5つの木の1つが桑です。葉をお風呂に入れると血行が良くなります。実《み》は6月頃に毎日採れるほどつき、鳥との闘いになります。

虫はつきにくいのでとても育てやすい木です。ジャムにしたりジュースにしたりするのが一般的ですが、私のことですからちょっと変わった食べ方をしています。紅茶にジャムを入れたり、サイダー、ヨーグルトにジャムや実を入れたり、実をフードプロセッサーで砕き、オリーブオイルと合わせてドレッシングにしたり。ここまでは皆さんもうなずいてくれますね。さらにはお好み焼きに入れました。ソースと合う！　パスタにも合う！　マヨネーズ、玉ねぎ、ゆで卵と桑の実で紫色のディップを作り野菜につけたり、パンケーキにのせたり入れたり。お酒を作ったり、甘さも酸っぱさも控えめで主張しないので料理に合うのです。とにかく何にでも入れます。

葉にはケールの6倍のギャバが含まれており、ルチンは抗酸化作用、皮膚や血管を強くし老化防止、心臓疾患や動脈硬化、高血圧を下げ、なんといっても血糖値を下げる作用があるのでお茶にするといいです。ほんの少し煎じただけで出ます。味はあまりしないので飲みやすいです。葉は蚕のえさになるので、メルカリで随分と売れました。

海外ではマルベリーとも呼ばれ最近人気の高い桑の実は、何千年もの間、漢方として使われていました。ビタミン、ミネラルがたっぷり。特に鉄分がこれほどたくさん含まれている果物は少ないです。ビタミンKも多く、止血や骨の健康に良く、カリウムも多く、心臓病のリスクを抑え血圧を下げます。アントシアニンが目に良く、強い抗酸化作用があり、アンチエイジングにも欠かせません。抗癌作用もあると言われていま す。カルシウムは牛乳の27倍も。まさにスーパーフード。何千年も前からある日本のものに目を向けると、改めて畏敬の念に打たれます。

不思議な薬草

【バタフライピー】

最近大人気の花のお茶です。青い花のお茶で、鉢でもとてもよく育ちます。朝顔のようにも見えますが、花の裏にはヒラヒラした花びらがありスイートピーの大きいもののような感じです。この花を乾燥させて熱い湯に入れお茶にすると、スカイブルーの色でキレイです。レモン汁をたらすと紫色に変わるので、お客様に出すと喜ばれます。が、効能がすごすぎるのです。

何世紀にもわたって薬として使われてきました。記憶力を増強したり、抗ストレス、鎮静剤、視力を良くする、抗酸化物質を含む、育毛（白髪を防ぐとか育毛とかの薬草は他にあまり聞きません）、アンチエイジング、女性の媚薬で婦人系の病気や、認知症にも効くと言われます。利尿、鎮痛薬として麻酔に使われました。抗うつ剤として不安を取り除いたりも。抗炎症、喘息にも効き（痰をとるため）、糖尿を抑制するなどの効果もあります。そして抗HIV効果を示したサイクロイドを含むハーブです（これはなかなかスゴイ）。抗癌、抗腫瘍（細胞膜を壊してくれるため）、黄ブドウ球菌に効いたり（ハーブでは他にあまりない）、てんかんや痙攣の治療、抗発熱剤としても。こんなにすごいのに何の味もしないので、レモンと砂糖を入れて飲む、とても飲みやすいお茶です。苦いほうが効きそうなのに不思議な魅力に惹きつけられる花のお茶なのです。

他に我が家の庭には、ナンテン、ケツメイシ、ヤブカラシ、ネギ、にんにく、カラスえんどう、レモングラス、スベリヒユ、山ブドウ、サンショウなどたくさんの薬草があります。土に生ゴミを捨てるとジャガイモ、トマト、カボチャ、ピーマンなどは勝手に生えていつの間にかできています。

スベリヒユは食べられないと思ってる方が多いと思いますが、栄養価がとても高く江戸時代から食べられています。

山形県では江戸時代の米沢藩主 上杉鷹山が「かてもの」という保存食の本を作りました（「為せば成る為さねば成らぬ何事も」の人です）。その中で「ウコギ」の話が出てきます。上杉氏は「ウコギ」の木を生け垣にしなさいと指示しました。この木は寒さや乾燥に強く生長が速く、トゲもあるから敵からの侵入も防げるし、食用にも美味で、現在も栄養ドリンクに使われるほどの効能があるのです。実用と飢餓対策、籠城対策としても使われたとは、なんというアイデアでしょう。私たちも避難所や家に薬草を植え、保存食を作れば、皆安心できるのではないでしょうか。

この本を書いている間に我が家の老犬サクラが重篤となり、獣医から「余命10日です」と言われました。真夏の頃でした。17歳になるので希望は持てませんでしたが何かしてあげたくて桑の葉のすった汁をスポイトで飲ませ、ビワの煎じた汁で体を拭き、痛みが軽減されるようにレモンバームやシソを枕元に置き必死に看病しました。すると徐々に回復して起き上がれるようになり、毎日桑の葉をひきちぎって食べるほど元気になりました。犬は草を食べ嘔吐する習性がありますが、桑の葉を食べても吐かず、葉の繊維がまとわりついた便がスルッと出てきたのです。少しずつ食欲も出て冬になった今も私の足下にいてくれます。私が術後、あまりの腹痛のためにあちこちで気を失ってしまうので、サクラは私を心配してトイレにもお風呂にもついてきました。今は目も見えず耳も遠くヨタヨタ歩きですが、天命を全うするまで愛情をかけてあげたく思います。このことからも、改めて薬草の力を感じています。

ハーブのお話を終える前に、ある日、ケトルの湯気に当たってしまい指を火傷した時のことに触れたいと思います。火傷をした箇所は赤くならず少し白っぽい程度でしたので、ツワブキの葉を巻こうか、アロエを付けようかと考えていましたが、20分ほど流水で冷やしても変わらず痛くて何もできず、氷水をためたボウルに指を浸したままクリニックへ行きました。「中度の火傷、水ぶくれができてきます」との診断で飲み薬と軟膏を処方され、包帯をぐるぐる巻かれました。その際、「植物を傷口に使うと土の中の菌が入って重症化し、他の病気にもなりますので、絶対に火傷には使わないで下さい」と言われました。次の日、指は紫色に腫れ上がり、水ぶくれでドロドロな感じに。いつか見たひどい火傷痕の写真を思い出しました。1ヶ月ほどでようやく落ち着きましたが痕が残りました。そこで、傷がふさがったあと、アロエを貼ったのです。すると徐々に痕が消え、今は全くわからないほどになりました。

私は「元気が出るハーブのお話」の中で紹介したようなハーブにたくさん助けられてきましたが、使い方を間違えないことが大切です。先祖からの恩恵を受け、最新医療も知ったうえで、昔と今のそれぞれの良い得意分野を活かして使っていくのが大事だと思うのです。

あとがき

ある日、ボロボロの段ボール箱が届きました。開けるのが怖くて宛名を見ると学生時代の友人だったのでそっと開けるとカラフルな千羽鶴と闘病応援メッセージが10人分入っていました。今はあちこちに住んでいる友人やその家族が百羽折って次の友人へとリレー形式で送って……。その段ボール箱は10ヶ所の家族愛を詰め込んで私の元に来てくれました。その頃は退院して半年くらい。いろいろなお見舞いに疲弊して誰とも話したくなっていました。どこからか私の病気を聞いて心配してくれた人が、この薬を飲んだら治るとか、この教室に来たら、この宗教をしたらと勧めて下さるのですが、腹痛で転げ回っている頃でしたので、丁寧にお断りすると、「頑固で人の言うことを聞かないから癌になった」と責められるのです。「この本を読みなよ」と母の友人が持ってきたので、本なら……と読んだら、すべての癌は治るけれど胃癌だけは治らないと書いてありました。

もう無理。その日からさらに食べられなくなり薬も飲めなくなりました。のちに聞いたところ「癌は治る」というタイトルを見て中身を読まずに渡したというのです。母との付き合いから何かお見舞いを渡さないと、と思ったのでしょう。ランチに行けなくなった私とパタリと連絡を絶った友人もいました。いろいろありすぎて人間不信に陥っていた頃に届いたのが、あのボロボロの段ボール箱だったのです。

この世のすべての出来事は修行。自分は価値のない人間だと思ってしまう時、その通りなのです。だから、大切な人のために、価値のある人間になるために、死ぬまで生きることが大切なのでしょう。

私のことを理解してくれている人たち。何も言わずただ祈ってくれた人たち。毎日毎日病室にほっこりする絵葉書を送ってくれ今も変わらず手紙をくれる友人。いつも助けてくれたお義母さん。私の代わりに孫の弁当を作ってくれた母。検査のたびに寄り添ってくれた義姉、義妹。夢枕に立って励ましてくれた亡父。皆様の〝**真心**《まごころ》〟が千里を翔けて私に届きこの本が出来上がりました。

感謝の気持ちでいっぱいです。

そして誰よりも誰よりも出版を楽しみにしてくれた主人に〝**真心**《まごころ》〟をこめてこの本を捧げたいと思います。

最後に、この本をお手にとって下さった方、本当に本当にありがとうございました。


あなたの大切な人に伝えたい〝**真心**《まごころ》〟は何ですか。

著者プロフィール

大関 まき（おおぜき まき）

静岡県出身
栄養士として給食業界、介護食の仕事に従事
国際薬膳食育師
薬草師（和ハーブ）
着物好き、動物好き
日本舞踊名取

ぽちめぐ／カバーイラスト
講師（知能道場　ライトスタッフ）
心理療法カウンセラー
日本舞踊名取
著者とは母親のお腹のなかに居る時からの繋がり

あした　また　たんばりん

2021年４月15日　初版第１刷発行

著　者　大関 まき
発行者　瓜谷 綱延
発行所　株式会社文芸社
〒160-0022　東京都新宿区新宿1－10－1
電話　03-5369-3060（代表）
03-5369-2299（販売）

印刷所　株式会社フクイン

ISBN978-4-286-22463-3